저녁의 슬하

저녁의 슬하

유홍준 시집

창비

차 례

일몰 앞에서

저 일몰 끝에

발목을 내려놓은 그가 앉아 있다

눈멀고 귀멀어 그는 아무리 소리쳐도 대답하지 않는다

그와 나는 시소 타는 사람 같고

해와 달 같아서

누가 먼저 궁둥이를 털고 일어나면 툭 떨어진다, 하늘 아래로 곤두박질친다

저 뜨겁고 차가운

해와 달을

'시소 타는 남녀'라고 부를 수도 있겠다

버드나무집 女子

버드나무 같다고 했다 어탕국숫집 그 여자, 아무데나 푹
꽂아놓아도 사는 버드나무 같다고…… 노을강변에 솥을 걸
고 어탕국수를 끓이는 여자를, 김이 올라와서 눈이 매워서
고개를 반쯤 뒤로 빼고 시래기를 휘젓는 여자를, 그릇그릇
매운탕을 퍼담는 여자를, 애 하나를 들쳐업은 여자를

아무데나 픽 꽂아놓아도 사는
버드나무 같다고
검은 승용차를 몰고 온 사내들은
버드나무를 잘 알고 물고기를 잘 아는 단골처럼
여기저기를 살피고 그 여자의 뒤태를 훔치고
입안에 든 민물고기 뼈 몇점을
상 모서리에 뱉어내곤 했다

버드나무, 같다고 했다

유월

차가운 냉정 못에 붕어 잡으러 갈까

자귀나무 그늘에

낚싯대 드리우고 앉아 멍한 생각 하러 갈까 손톱 밑이나
파러 갈까

바늘 끝에 끼우는 지렁이 고소한 냄새나 맡으러 갈까

여러 마리는 말고

두어 마리

붕어를 잡아 매끄러운 비늘이나 만지러 갈까

그러다가 문득 서럽고 싱거워져서 차가운 냉정 못에 손
이나 씻을까

코펠 들고 슬슬 못가를 돌며 민물새우나 잡을까

해거름 내리는 못둑에 서서

멍하니

그저 멍하니

저 먼 곳이나 한참 바라보다가 올까

여름

노모가 흘린 밥 한 덩어리
노모가 흘린 밥풀떼기 한 덩이에
검은 파리떼가 꼬여 있다
이제 더이상, 아무 할 일도 없는
앉은뱅이 노모가 초록색 파리채를 들고
탁 탁 검은 파리를 때려잡고 있다 배때기째로 짓뭉개고
있다
여기저기 검버섯이 핀 노모의 얼굴에도 파리떼가 잔뜩
아랫배가 볼록한 저 사진 속 아프리카 소년도 마찬가지
파리에겐 그냥 한 덩어리 밥,
노모가 흘린 한 덩어리 밥과 같다
눈곱 잔뜩 낀 눈가에 파리떼가 달라붙어도 쫓을 줄을 모
른다 제 뺨을 제가 때릴 줄조차 모른다
햇살 따가운 슬레이트지붕이 무너진다
낡고도 가벼운 그림자가 마당 가득 무너진다
다 늙은 노모가 걸레 한쪽을 까뒤집어
눈가를 닦는다 걸레로 입가를 닦는다

모래밥

공사장 모래더미에
삽 한 자루가
푹,

꽂혀 있다 제삿밥에 꽂아놓은 숟가락처럼 푹,

이승과 저승을 넘나드느라 지친 귀신처럼
늙은 인부가 그 앞에 앉아 쉬고 있다

아무도 저 저승밥 앞에 절할 사람 없고
아무도 저 씨멘트라는 독한 양념 비벼 대신 먹어줄 사람
없다

모래밥도 먹어야 할 사람이 먹는다
모래밥도 먹어본 사람만이 먹는다

늙은 인부 홀로 저 모래밥 다 비벼 먹고 저승길 간다

구름

구름이 끊임없이
자신을 찢어 던진다
찢어진 것들이 또 제 몸을 찢어 던진다
한 번도 자신을 찢어 던지지 못한 새들이
구름 아래를 배회한다 지쳐, 나뭇가지에 앉는다 파르르
깃털을 턴다
새를 삼키지 못한
구름의 욕망이 검고
귀가를 원치 않는 새의 깃이 검푸르다
저 새의 눈알은 빨갛다
저 구름의 몸통은 빨갛다
저녁이다
찢어진
구름 덩어리들 사이로 붉은 태양이 진다
또 어디선가 찢어지는 비명소리가 들린다

아랑곳없이,

나는 또 한 덩어리의 밥을 밀어넣는다

몸무게를 다는 방법

　하루종일 중얼거리기만 하는 사람 최경서씨는 정신병원 안정실에 갇혀 있다네 똥오줌도 그냥 옷에다 칠칠 밥풀도 마찬가지 입술 주위에는 또 무엇이 잔뜩 돋아서 울긋불긋 솔직히 나는 저 입 속에 약을 넣어주는 일이 싫어 투약시간이 싫다네 아무리 안 묻히려고 해도 결국에는 묻히고야 마는 최경서씨의 타액이 싫어 더러워 하루빨리 퇴원을 하든지 죽든지 했으면 좋겠네 골칫덩어리 골칫덩어리 오늘은 약의 함량을 조절하기 위해 환자들의 몸무게를 다는 날 제 몸조차 가누지 못하는 도대체 정신이 없는 최경서씨의 몸무게를 다는 방법은 단 한 가지 최경서씨를 안고 최경서씨를 보듬고 저울 위에 직접 올라가는 것 그래서 거기에서 내 몸무게를 빼는 것 더러운, 냄새나는, 하염없이 침 흘리고 오줌을 싸는 최경서씨를 안고 한 평 반 안정실에서 나는 낑낑

그리운 쇠스랑

　화가 난 아버지가 쇠스랑을 들고 어머니를 쫓아갔다 화
가 난 눈썹이 보기 좋았다 1975년이었다 입동(立冬)이었다
내 그리운 쇠스랑……

　마당 저쪽 두엄더미에서는 허연 김이 올라오고 있었다

짐승에게도 욕을

짐승에게도 욕을 한다

짐승에게도 욕을 바가지로 퍼붓는다 어머니는

혀가 빠질 놈의 짐승이고, 잡아먹을 놈의 짐승이고, 때려
죽일 놈의 짐승이다

어머니는 그렇게 욕을 바가지로 퍼붓고 가축들에게 사료
를 준다

바가지로 탁

대가리를 때리고

바가지로 탁 등골짝을 때리면서 준다

그러면 내 착한 아들처럼

어머니의 짐승들은

아무런 대꾸도 없이 고개를 처박고 후루룩후루룩 밥을
먹는다

빵 위에 쓴 글씨

우리는 빵 위에 촛불을 꽂았네
우리는 글자 위에 촛불을 켰네
글자는 금세 환해지고
빵은 금세 환해지고
우리는 글자가 새겨진 빵 주위에 둘러앉아
노래를 부르고 박수를 치고
고깔모자를 쓴 아이는 후, 입김을 불었네
우리는 축 생일을 자르고 축 개업을 자르고
축 발간을 잘라 한 조각씩 나눠먹었네
우리는 빵 위에 새겨진 글자들을 나눠먹었네
축 생일이 잘리고 축 개업이 잘리고
축 발간이 잘리고 빵 위에 새긴 글자들은 잘리었네
빵 위에 글자를 새기는 건 나빠, 좋아?
대답이 필요없는
모임이 끝나고
우리는 낱말처럼 뿔뿔이 흩어져 집으로 돌아갔네

입술의 죽음

몸져누운 사람의 입술이 편지봉투 같다
침이 말라 자꾸만 윗입술과 아랫입술이
달라붙는다 저 입술 저 침 접착제 같다 할
말 마저 다 못하고 밥알로 으깨 붙인 편지
봉투 저 입술 표도 안 나게 뜯어 읽고 붙
여놓으려고 해도 자꾸 탄로가 난다 탄로
가 나 이 겨울 내 입술이 거의 그렇다 무
슨 말인가를 하긴 해야겠는데 자꾸 윗입
술과 아랫입술이 달라붙어 말이 안된다
혀끝 내밀어 침을 바르면 그 입술 이내 메
말라 꺼풀이 일어나 입술에 침을 발라서
라도 끝끝내 무슨 말인가를 하려고 했던
사람이 떠오른다 오로지 눈빛으로만 읽
던 그 사람의 말이 떠오른다 다행이다 어
쨌든 눈빛보다 먼저 죽는 인간의 입술

짚을 만졌던 느낌

짚을 만졌던 느낌은
뱀을 만졌던 느낌과는 달라서
차갑지가 않지 매끄럽지가 않지 꺼끌꺼끌하고 까칠까칠
하지

나를 낳고 동생을 낳고
금줄을 칠 때, 아버지 그 새끼를 꼬던 느낌은 어떠했을까
낫으로 발바닥을 깎아도 꿈쩍도 않던 소는
달구지를 끌던 옛날 옛적 소는
짚으로 만든 그 신발을 신었을 때의 감촉이 또 어떠했을까

짚을 만졌던 느낌은
옷이나 책이나 그릇을 만졌던 느낌과는 달라서 한참을
달라서
옜다, 너도 한번 꼬아보아라
아직 어린 나에게도 짚 한 단이 던져졌을 때
특별히 잘못한 것이 없는데도 나의 손바닥은 그것을 싹
싹 비벼 꼬았네

요만큼 새끼줄을 꼬면
꼬리처럼 또 엉덩이 뒤로 밀어내며
동그랗게 사리던 새끼줄의 즐거움을 알았다네

짚을 만졌던 느낌은
여자의 몸을 만졌던 느낌과는 달라서
꺼끌꺼끌하고 까칠까칠하고 아직도 나는 그 느낌을 좋아
한다네
자주 밤길을 오갔던 나는
짚단에 불을 붙이면 어디만큼 갈 수 있는지 그것까지를
다 알고 있다네

겉은 꺼끌꺼끌하고 까칠까칠한 짚의 느낌을
속불은 발갛고 재는 유난히 더 검은 짚의 육체를

물고기 주둥이

별 쓸모가 없는 것이 대가리다 저 횟집 물고기들의 대가
리는, 몸통이 없었다면 죽지 않았을 대가리다 몸통 때문에
죽은 대가리다 언제나 대가리보다 중요한 건 몸통? 아니다
아니다 선유도 횟집 주방장은 가끔 칼을 놓고 제가 잘라버
린 대가리를 내려다본다

대가리, 대가리, 몸 때문에 죽은……

어떤 물고기 대가리는 몸통을 잃었는데도 아직 할말이
남아 있다는 듯 주둥이를 뻐끔거린다

이상하다,

얼굴엔 비늘이 하나도 없는 물고기들!

나무까마귀

누가 다 태우지도 못할 불을 피우다 갔을까 저기 초겨울 강가에, 서리 내린 도로가에 은빛 승용차를 세워놓고 나는 내려간다 목침만한 돌들이 여기저기 널브러져 있다 흔적도 까만 잿더미 하나가 돌밭 한가운데 오목하게 앉아 있다 눈알도 없고 부리도 없고 발목도 없는…… 나무까마귀 몇 마리가 타죽어 있다 무료하기 짝이 없는 사람 나는, 잿더미 속의 까마귀를 툭 걷어차본다 퍽, 날아가 나뒹구는 걸 본다 이유없이 돌을 들어 나무까마귀의 뒤통수를 내리쳐본다

손에 묻은 검정을 씻으며 들여다본다
푸른 여울에
강물에
사람의 얼굴을 한 까마귀 한 마리
떠내려갈 듯 떠내려갈 듯 흐느적거리고 있다

혈서

누가 내 얼굴에 자꾸
혈서를 쓰려고 해요

폐쇄병동 서부기씨가 속삭여준 말이다

이 말을 갖고
두어 달
나는 세상의 얼굴을 살핀다

(일용직 노동자의 얼굴엔 일용직 노동자의 혈서가
백화점 점원의 얼굴엔 백화점 점원의 혈서가 쓰어 있다)

얼굴에 혈서가 쓰인 사람들이
저 문으로 들어가고
저 문으로 나가고

하루종일
나는 수백개의 얼굴, 수백권의 혈서를 읽는다

누가 내 얼굴에

자꾸

혈서를 쓰려고 한다

나비리본

나비리본이 달린 꽃다발을 받았다

나비리본이 달린 케이크를 받았다

나비리본이 달린 상장을 받았다

너는…… 나비리본이 달린 너는 블라우스를 입고 있었다

나비리본이 달린 꼬르싸주를 하고 있었다

나비리본이 달린 에나멜 구두를 신고 있었다

너는, 나비리본이 달린 너는

나비리본이 달린 옷을 입은 여자들은 다 선물 같았다

유리창의 눈꺼풀

유리창도 눈꺼풀이 있다

양쪽으로 커튼을 묶어놓은 창문 앞에 서면
이것은 유리창의 눈꺼풀,

이 커튼을 묶고 푸는 건 유리창의 눈꺼풀을 열고 닫는 것

아니다 아니다 어떤 유리창은 아예
눈꺼풀을 싹 밀어버렸다

눈꺼풀 밀어버린 눈으로 세상을 뚫어지게 바라본다

가위를 들고 거울을 들고
나도 이 눈꺼풀을
잘라버릴까 말까 고민한 적이 있다

맞장을 뜨다

아무도 없는 상림 숲길 걷다가 만난다
상수리나무 아래
둥치쯤에
귀를
쫑긋 세우고
앞발을 재게 비비는 눈망울이 똥그란 다람쥐 한 마리

아하, 여기서는 저놈과 내가
일대
일이라는 생각

일대일로 서로를 탐지하고 있다는 생각

조금이라도 움직이면
긴장이 깨질까봐
달아날까봐
서로가 바짝
긴장을 하고 있다는 생각, 긴장을 주고받고 있다는 생각

심지어는 맞장을 뜨고 있다는 생각

아아, 얼마 만인가 이런 긴장감은
생명은
덩치로 이길 수 있는 게 아니라는 생각
덩치로 제압할 수 있는 게 아니라는 생각, 피차일반 마침
내 동급이라는 생각

꼬리가 저절로 빳빳하게 치켜올라가는 것이라는 생각

도축장 옆 아침

문을 열면 곧바로

죽음의 역한 냄새가 쳐들어온다

아침마다 희뿌연 지구의 거죽, 아파트 외벽을 타고 안개
가 피어오른다

눈부시다, 눈부셔

갓 잡은

고깃덩어리처럼

붉은 태양이 안개를 밀치고 와서 내 늦은 잠자리를 비춘다

지직지직 전기충격기로 소 대가리를 지질 때마다

움칠움칠 태양이 솟아오른다

햇빛 햇빛 이놈의 햇빛…… 나는 눈이 부셔 인상을 찡그
린다 더듬더듬 담뱃갑을 찾아 불을 붙인다 고기도 잠을 잔
다 고기도

눈을 비비고 일어나 담배를 피운다

오늘도 웃통을 벗어던지고 자는 내 맨살에

죽음을 집어삼킨 아침 햇살이 집요하게 와서 달라붙는다

달리는 뼈

달리는 뼈들을 보았네
저녁을 먹고
가로등 밑을 달려가는
뼈들의
밤의 고수부지
체육공원 위를 달려가는 뼈들을 보았네

후 하 후 하 가쁜 숨을 몰아쉬며 달려가는 뼈들을 보았네
인라인을 타고 가는 뼈들을 보았네
자전거를 타고 가는 뼈들을 보았네

저렇게 달려가는데도 덜그럭덜그럭 소리가 안 나는 뼈들
삐거덕삐거덕 소리가 안 나는 뼈들

살이 없고 뼈만 있는
사람은 예뻐 안 예뻐?

어이 이봐 거기, 까만 추리닝 입고 앞만 보고 달리는 뼈?

손목을 부치다

편지를 부친다는 게 손목을 부치고 운다

편지를 쓴다는 게

자서전을 쓰고

운다

세상에, 주소를 쓰면

언제나 제 주소를 쓰고

편지봉투 같은 바지 하나 벗지 못하는 네가

손톱 같은 우표 한장 붙이지 못하는 네가

근이양증(筋異養症), 근이양증…… 편지를 부친다는 게
손목을 부치고 운다

노란 참외를 볼 때마다

　노란 참외를 볼 때마다 나는야 살짝 흥분, 노란 참외를 잔뜩 쌓아놓고 파는 트럭을 지나갈 때마다 나는야 살짝 멈칫, 노란 참외 향기는 진하고 노란 참외 향기는 달콤해 노란 참외 향기는 지독하고 노란 참외 향기는 매혹적이야 한 덩어리 참외 향기의 마취, 한 덩어리 참외 향기의 황홀, 노란 참외를 잔뜩 쌓아놓고 파는 트럭을 지나갈 때마다 나는야 노란 참외 수류탄을 움켜쥐고 멀리 던지고 싶어 노란 참외 안전핀을 뽑아쥐고 던지고 싶어 그러면 씨앗들이 흩어지겠지 그러면 씨앗들이 터져 달아나겠지 누군가는 씨앗에 맞아 죽고 무언가는 씨앗에 맞아 폭파되겠지 그러면 행복, 그러면 박수, 짝짝짝, 오늘도 나는 노란 참외가 가득 실린 트럭 앞을 지나갈 때마다 살짝 종횡무진 삶의 중앙선을 넘고 지그재그 법의 중앙선을 넘어 노란 참외가 가득 실린 트럭을 몰고 아수라 아수라 노란 참외를 가득 쌓아놓고 파는 트럭 앞을 지나갈 때마다 나는야 살짝 흥분,

운동장을 가로질러간다는 것은

가로질러간다는 것은 저절로 고개를 숙이는 것이다

아무도 없는 운동장을
가로질러가는 사람은, 길쭉한 사람이다 다리도 길고 목
도 길고
뒤통수도 긴 사람이다

어깨 축 처진 검정 옷을 입은 사람이다
제 삶이 어떤 건지 미리 한번 중간점검해보는 사람이다

아무도 없는 운동장
한가운데 서보는 사람은

차마 어찌할 바를 모르는 사람, 흙먼지를 오지게 한번 뒤
집어써보는 사람이다 어디 피할 데가 없다는 것을 알게 되
는 사람이다 마치 고문당하는 사람이고 마치 숙청당하는
사람이다 모름지기 인간의 그림자가 이렇게 길고 이렇게
홀쭉하다는 것을 인정하게 되는 사람이다

가로질러간다는 것은 스스로 고개를 꺾는 것이다

그림자 중에 가장 긴 그림자는
운동장에 드리운 그림자다

폐쇄병동에 관한 기록

글씨를 깨알같이 쓰는 사람들이 긴 복도를 오가며 무어
라 무어라 중얼거리고 있다

하루에 세 번 약을 먹으면
흐릿하게 — 일식(日蝕)과
월식(月蝕)만이
진행되는 곳

여기는
절대로 한자리에 만나
머무를 수 없는
해와 달이

밤과
낮이

아무런 이유도 없이, 이토록 오래, 모여, 밥 같이 먹고 잠
같이 자는 곳

알아들을 수 없는, 알아들어서는 안되는
분절의 말들이
폐쇄병동 복도를 굴러다닌다

더럽다, 그만두자, 기록해서는 안되는
해와 달의
밤과
낮의 일거수일투족을

더이상 태양은 뜨겁지가 않고 더이상 달은 차갑지가 않
다고

운전

자동차 핸들에 뱀이
한 마리

둥글게
감겨 있었다

주둥이가 꼬리를 물고 있었다
꼬리가 주둥이를 유혹해 물려 있었다

싸늘했다 비늘로 뒤덮인 뱀을 움켜쥐고
나는 이리저리 방향을 틀었다

미끈거리는, 미끄덩거리는

뱀의 몸뚱어리는
자꾸만 내 손아귀를 빠져나갔다

핸들이 없는 자동차를 나는 완벽하게 운전하고 있었다

십이월

　싸구려 커튼을 치고 책상을 앉힌다 수평선이 보이지 않는다 지평선이 보이지 않는다 이 가난한 방에서 나는 입술을 닫는다 사철나무 꼭대기에 새 몇마리 날아와 앉았다 간다 너희에겐 명상이 없다 심사숙고가 없다 오래 입 닫고 있지 못하는 새여 오래 날개 붙이고 있지 못하는 새여 움직임만이 살아 있음의 증거, 그러나 이 가난한 방에서 나는 입술을 닫는다 무엇인가를 쓴다 무엇인가를 읽는다 어떤 문장 밑에 밑줄을 그으면 그 밑줄, 오랏줄이 된다 막막한 지평선이 된다 커튼을 밀치고 길게 멀리 사라지는 해나 바라본다 머리통이 작은 낙타와 대상(隊商) 몇사람, 쓸쓸하다 헛것으로 보인다 윗입술과 아랫입술 사이에 살얼음이 낀다 이 가난한 방에서 나는 입술을 닫는다

슬하

고인의 슬하에는
무엇이 있나 고인의 슬하에는
고인이 있나 저녁이 있나
저녁의 슬하에는 무엇이 있나
저 외로운
지붕의 슬하에는
말더듬이가 있나 절름발이가 있나
저 어미새의 슬하에는
수컷이 있나 암컷이 있나
가만히
돌을 두드리며 묻는 밤이여
가만히 차가운 쇠붙이에 살을 대며 묻는 밤이여
이 차가운 쇠붙이의 슬하에는 무엇이 있나
이 차가운 이슬의 슬하에는
무엇이 있나
이 어긋난
뼈의 슬하에는 무엇이 있나

이 물렁한 살의 슬하에는 구더기, 구더기, 구더기가 살고
있나

소설(小雪)

하늘에서도

빗자루로 쓸 수 있는 것이 내려서 좋다

동글동글 손으로 뭉칠 수 있는 것이 내려서 기쁘다

잠시겠으나

그늘 쪽 어깨에만 눈을 얹고 있는 구층석탑처럼

묵묵히 서 있고 싶다

이 겨울은

창호지같이 얇은 서러움으로 죽(竹)을 칠까 붉고 푸른

깃발처럼 펄럭여볼까 아니야 아니야 울타리 쪽으로 밀어
붙여놓은 눈이

조금씩 조금씩

녹아 없어지는 것이나 바라보아야겠다

평상

낮잠에
빠져 있다
슬리퍼 한 짝이
아직
맨발 끝에 걸쳐져
아슬아슬
걸쳐져
평상(平床)에
저 평상 난간에
대롱거리는 시계추 같다
평상 밑의 개가
저 맨발을
핥을 듯
말 듯

핥을 듯 말 듯, 입맛을 다시고 있다

발가락이 열두 개나 달린 저녁이 와서 조용히 감싸고 있다

작약

유월이었다
한낮이었다
있는 대로 몸을 배배 틀었다
방바닥에다 대고
성기를 문질러대는 자위행위처럼
간질을 앓던 이웃집 형이 있었다
꽃송이처럼 제 몸을 똘똘 뭉쳐
비비적거리던 형이 있었다
번번이 우리 집에 와서 그랬다
오지 말라고 해도 왔다 오지 말라고 할 수가 없었다
피할 수가 없었다
이상한 냄새가 났다
무작정 꽃 피기만을 기다렸다
무작정 꽃송이만을 바라보았다
마루 끝에 걸터앉아 오래 끝나도록 지켜보았다

사람을 쬐다

사람이란 그렇다
사람은 사람을 쬐어야지만 산다
독거가 어려운 것은 바로 이 때문, 사람이 사람을 쬘 수
없기 때문
그래서 오랫동안 사람을 쬐지 않으면 그 사람의 손등에
검버섯이 핀다 얼굴에 저승꽃이 핀다
인기척 없는 독거
노인의 집
군데군데 습기가 차고 곰팡이가 피었다
씨멘트 마당 갈라진 틈새에 핀 이끼를 노인은 지팡이 끝
으로 아무렇게나 긁어보다가 만다
냄새가 난다, 삭아
허름한 대문간에
눈가가 짓물러진 할머니 한 사람 지팡이 내려놓고 앉아
지나가는 사람들 바라보고 있다 깊고 먼 눈빛으로 사람을
쬐고 있다

옆구리

옆구리가 전부다
물고기는
비늘 뒤덮인 옆구리로 살고 비늘 뒤덮인 옆구리로 죽는다
봐, 죽어서도 저렇게 제 옆구리를 먹인다
맞아, 아내 몰래 가끔 만나던 그 여자랑
생선구이집에 가서 노릇노릇 옆구리 익힌 거 뜯어먹으며
생각했었지
연애란 네 옆구리 파먹는 거
산다는 건 지금 누가 네 옆구리 쿡쿡 찌르는 거
어두운 밤길 가다가
예고도 없이
무언가가 쑥 들어오면
어떡하지? 그러면 그것도 옆구리로 받아야지
그래 그것도 괜찮겠어 번쩍번쩍
빛나는 칼을 맞고 쓰러져
물고기처럼 둥글고 슬픈 눈으로 너를 쳐다보는 것도
119 구급차에 누워 내 삶의 옆구리로 피가 펑펑 빠져나가
는 걸 느껴보는 것도

손톱깎이 이야기

얼핏 보면 풀벌레처럼 생겼다
손톱을 깎으려고 날개를 일으켜세우면
이것은 흡사
여치나 방아깨비

맞아 손톱깎이벌레란 벌레가 있을지도 몰라

에이, 발톱이나 한번 깎아볼까
무료한 사람들은
자주 신문지를 펼치고 손톱을 깎는다네

귀엽고 앙증맞고 여간해서 버리지 않는 물건이 있다면
그것은 손톱깎이,

외로운 사람들 여럿이 둘러앉아
발톱을 깎는다면 좋겠지
봐, 손톱을 깎아
쓸어담아 놓고 보면

코스모스 씨앗처럼 생긴 이것들
들판에 획 뿌려도 되겠어

손톱이 없고 손톱깎이가 없다면
얼마나 심심했을까

방아깨비 사촌처럼 생긴 손톱깎이여

저녁

개가, 울음이 없는 개가, 성대가 잘려나간 개가
저녁 해바라기 앞에
앉아 있다
저녁
측백나무 앞에 앉아 있다

붉은, 개의
그것이 반쯤
나와 있다 빼꼼히 삐져나와 있다
울고 난 뒤의 개의 그것이 꼭 무슨 꽃순 같다

울음이 없는 개가, 성대가 잘려나간 개가
더럽게 눈곱이 낀 개가
지는 해 아래
석양 아래
어디 먼 데를 바라보고 있다
아직 마르지 않은 눈으로 바라보고 있다

네일 건

꽃 핀 매화나무 아래, 쪼그리고 앉아 있는 고양이를 본다

못 박는 총으로
쏘아

머리에 못이 박힌 고양이……

매화나무 아래에서
머리에 못이 꽂힌 고양이를 본다

* Nail gun, 타정총.

중국집 오토바이의 행동반경에 대하여

오늘은 장사 잘되기로 소문난 우리 동네
중국집 오토바이의
행동반경에 대하여 생각한다

배달 횟수가 아니라 행동반경에 대하여!

누가 아이를 키워
중국집 오토바이를 타게 하고 싶으랴

누가 아이를 키워 제 동네만 뺑뺑 돌게 하고 싶으랴

(하루에도 수백번, 제 동네를 도는 아이는
결국
정신이 돌 수밖에 없다는 속설……)

그러나 오토바이는 멋있고
자장면은 맛있고
저 중국집 오토바이가 없다면 안돼

나는 저 중국집 오토바이가 지나갈 때마다 꽁무니를 바라봐

행동반경이 좁다는 것은 뱅뱅뱅뱅뱅 돌아야 한다는 말
정신없이 바쁘게 살아야 한다는 말

책 몰라 여행 몰라 취미 몰라
그런 건 다 몰라
오늘도 정신없이 돌아다니는 우리 동네 오토바이

붕어낚시

내 몸속 핏줄은 삼천 마리 지렁이,

잘라 낚싯바늘에 꿰면

미끼가 된다 먹이가 된다

나는 핏줄이 많고 근심이 많은 사람, 핏줄을 잘라

다시 낚싯바늘에 꿰고 붕어를 잡는다 나는 계속해서 지렁이를 만든다

붕어들이 자꾸 내 미끼를 뜯어먹는다

핏줄 없는 팔,

핏줄 없는 가슴,

핏줄 없는 머리,

더이상 지렁이를 만들 수 없을 때 붕어낚시는 끝난다

인간의 머리를 달고 지렁이 한 마리가 온몸을 뒤틀어댄다

미소를 닦다

미소는 흘러내린다

미소는
흩어진다

똥구멍으로 짓던 미소, 음부로 짓던 미소

내 입가의 미소는 수습이 잘 안된다, 휴지로 닦아도 잘 닦
이지 않는다

미소는 얼룩이다
어떤 얼굴에는 도무지 어울리지 않는다

더이상 미소를 지어선 안되는 얼굴도 있다

제발 좀 웃기지 마라
행복한 일도 그만 생겨라

세수를 할 때마다 나는 미소를 씻는다

마른 수건을 들고 축축한 미소의 물기를 닦는다 다 닦아
버린다

붉은 태반

양수를 뒤집어쓴 송아지 갓 태어난 송아지가 펄쩍펄쩍
뛰어다니고 머릿수건을 쓴 어머니 걸레를 든 어머니가 갓
태어난 몸뚱어리를 닦아주고 양낫을 든 아버지 기분이 좋
은 아버지가 담배 한 대를 피워물고 스윽스윽 소의 태를 잘
라 소에게 던져주고 찔끔, 새끼를 낳은 소 눈물을 흘리던
소가 우걱우걱 제가 낳은 태를 제가 씹어삼키고 지푸라기
묻은 태반(胎盤)을 씹어삼키고 어머니는 황급히 아궁이에
불을 넣고 소의 태반 붉은 소의 태반을 씻어 안치고 구수한
냄새가 올라오는 쟁반 구수한 고기냄새가 올라오는 쟁반
을 들고 오고 오후의 마루 햇살 노란 오후의 마루 끝에 앉
아 어머니와 아버지와 나는 기름진 것 기름지고 구수한 것
을 소금에 찍고 산사태 났던 앞산 언덕배기 새끼 내지른 궁
뎅이처럼 움푹 꺼진 앞산 언덕배기에 태반처럼 붉은 복사
꽃이 피어오르고

귀뚜라미의 노래

발 하나가 없는
귀뚜라미의 노래다 저것은
죽음 앞에서 팔 하나를 떼어 바친 노래다
삶의 자절(自絶)은 좌절이
아니었다고,
낭만도 슬픔도 없는 초가을밤에
귀뚜라미들이 부르는 노랫소리가 아파트 십층까지 들린다
스스로 떼어 바친 팔 하나가 다 자랄 때까지
자절을 한 귀뚜라미들은
악착같이 운다
악착같이 운다

시끄러워 죽겠다

키보드 두드리는 참새

동네 공터에
키보드 하나가 버려져 있다

산책을 나갈 때마다 그것이 자꾸 내 눈 속에 들어온다

모니터도 없고 본체도 없고
키보드 하나만 달랑

타다닥 타다닥 타다다닥
참새들이 부리로
쪼고 있다, 두드리고 있다

어디론가 끊임없이 교신을 보내고 있다

햇살도 환한 봄날 오전에
버려진
냉장고 옆에서
버려진 자전거 옆에서 버려진 의자 옆에서

버려진 키보드를

타다닥 타다닥 타다다다닥⋯⋯⋯

⋯⋯⋯⋯⋯⋯⋯⋯⋯⋯⋯⋯⋯⋯⋯⋯⋯⋯⋯⋯⋯

계단 위에 앉은 사람

　최초에 계단이

　만들어진 이유를

　알고 있니? 근심 많은 사람이 앉도록 만들어진

　남산공원 계단 같은 데 홀로 멍하니 앉아 있는 사람 바라

보면 걸작이지

　그 그림이 없고 후회가 없다면 어떻게 됐겠어

　어서어서 내려가고 싶은 계단들아

　산동네 사람들의 볼때기가 깊고 홀쭉한 이유

　잘 알잖니 옆구리가 깨진 고무다라이에 흔해빠진 꽃을

심어놓은 대문간에 앉아

　줄담배를 빨아댄 죄

　그러고 보니 담배도 계단, 담배도 계단이네

　한 발 한 발 계단을 내려갈 때마다

　철렁철렁 의족 꺾이는

　소리,

　들리지?

　늘 등을 보이고 앉아 있는 그는

　늘 저 먼 일몰의 한강 고수부지 저쪽을 향해 눈길을 보내

고 있는 그는

차곡차곡 계단을 쌓아서

만들어진 그는

연잎 위에 아기를,

연잎 위에 아기를
올려놓을 수 있을까

저 커다란 연잎 위에, 올려놓을 수 있을까

수양버드나무 아래
원피스를 입은 여자는 양산을 썼고
뒷주머니에 지갑을 꽂은 남자는 유모차를 민다

붓꽃이 한 무더기 피어 있다

저 붓꽃으로
아기의 이름을 쓸 수 있을까
저 붓꽃으로

연잎 위에
아기를
올려놓을 수 있을까

아무짝에도 쓸모없는 몽상가, 나는 연못가 벤치에 누워
있는 천치(天痴)

누군가 커다란 연잎을
내 얼굴 위에 덮어주고 간다

새는 왜 우는지?

물고기를 잡아 배를 따보면 알 수 있다 부레가 있고 쓸개
가 있고 창자가 있다는 거, 그것을 확인할 수 있다 그러나
아무리 대가리를 뒤져도 생각을 찾을 수가 없다 뇌를 찾을
수가 없다

슬프다,

다음번엔 새 대가리를 쪼개 찾아봐야지 울음이 어디 있
는지 찾아봐야지

어머니의 자궁을 보다

일흔네살

어머니가 자궁을 들어냈다

수술용 장갑을 낀 젊은 의사가 냉면그릇 같은 데 담아들

고 와서 보여주었다

마음이 참, 지랄 같았다

스텐그릇 안의

어머니의

계란, 자궁을 본다는 것

끼니때가 되어

어머니 뉘어놓고 길 건너 추어탕집에 가서 한 그릇 밀어

넣었다

요때기마다 자궁 들어낸 여자들이 누워 있는 방으로 돌

아와

등을 붙이면

따뜻하다 야근에

지쳐 녹아내리는 몸이여

문득 어디 생리중인 여자가 있어 울며 그녀와 살 섞고 싶다

내 옷을 입고 돌아다니는 자들

버리지 않고 모아둔 옷가지를 챙겨
정신병원 환자들에게 갖다 주었다

얼룩덜룩 내가 입던 옷들을 입고 복도를 걸어다니는 백
명의 환자들

어떤 나는 환청에 시달리고
어떤 나는 망상에 시달린다

어떤 나는 소리를 꽥 지르고 어떤 나는 계속해서 헛소리
를 해댄다

내가 입던 옷을 입고 돌아다니는
백명의 정신병자들,
나는 흠칫 놀라 움츠리곤 한다
아니다 아니다 그게 아니다 너무나 친숙하고 너무나 익
숙해서 나는 웃는다
정신병원 복도를 걸어다니는 백명의 나에게

농담을 건네고 악수를 하고
포옹을 한다
배식을 하고 투약을 하고 잘 자는지 못 자는지 확인을
한다

정신병원에서 근무한다는 것은 하염없이 생각을 버리
는 일,

아무래도 오래 이 짓을 계속할 것 같다

구름에 달 가듯이

저녁 일곱시 반엔 모두들 약을 먹어요 환자복을 입은 백명의 환자들이…… 약이, 없는 자는 없어요 약을 먹지 않아도 되는 자는 없어요 폐쇄병동 밖 캄캄한 밤하늘은 밤새 노란 달이라는 알약 한 알이면 족해요 그러나 우리는 한 움큼을 먹어야 해요 하늘보다 더 많이 먹고 별들보다 더 많이 먹어야 해요 우리들의 목구멍을 넘어간 알약들은 밤새 구름에 달 가듯이 갈 거예요 차갑고 축축한 은하수를 지나 어둡고 칙칙한 내장을 지나 쓸쓸하고 비참한 복도를 지나 부르르부르르 어깻죽지를 떨며

우리들의 알약은

구름에 달 가듯이, 구름에 달…… 가듯이

육포

너, 이빨 없는 음부로 육포(肉脯)를 씹는 밤

잘근잘근, 잘근잘근
비가 오고 비가
비의
거품을 핥고

홀로 붉은 육포 한 조각을 쥐고 돌아앉아
맥주를 마시는 밤

홀로 붉은 뺨 두 조각을 수그리고 앉아 맥주를 마시는 밤

계속해서

계속해서

계속해서

묶인 불

정신병원 흡연실 앞에 일회용 가스라이터 하나가 묶여 있다

프로메테우스도 이 불을 훔쳐 달아나지 못한다 올림픽 성화 봉송주자도 이 불을 들고 달리지는 못한다 이 불은 언제나 쇠사슬에 꽁꽁 묶여 있어야 한다

폐쇄병동 사람들은 모두 다 이 불에 불을 붙여 담배를 피우고 가슴속 연기를 내뿜는다

나는 이 불을 관리하는 보호사, 신전(神殿)에 종사하는 성직자처럼…… 가스가 떨어졌다면 가서 갈아준다 밤 아홉시 반 취침등이 켜지면 쇠사슬을 풀고 수거해온다

폐쇄병동 환자들은 모두 다 제가 정신병자인 줄 안다 미친 자들은 모두 다 제가 미친 줄 안다 묶인 불들은 모두 다 제가 묶인 불인 줄 안다

묶인 불은, 차갑다

신위

꽃을 파먹던 파랑새가
흘낏, 뒤를 돌아본다

꽃송이 위에
발톱을 올려놓고
돌아보는 새의 눈빛은 대답을 기다리는 것 같다

(오늘은 노래를 부르면 안되는 아버지의 기일)

진경(眞景)을 뒤로 돌려
예서일진(禮書一陣)을 펼친다

밥알을 으깨 '현고학생부군 신위(顯考學生府君 神位)'를
붙인다

먹칠의, 대성통곡의 한세상
다섯 폭 싸구려 병풍 후딱 접어 치우고 떠나고 싶다
대지팡이 툭 툭 치며

이슬을 털며
진경 속으로
산수 속으로
어서어서 나도

저녁의 접시

저 둥근
달나라의 접시들을 어떻게 훔쳐올까
한 달에 한 번
우리 마을 앞으로 그릇장수가 지나가는데
한 달에 한 번 트럭을 세워놓고 담배를 피우는데
사과가 필요해,
꿀과
가래떡이 필요해,
담을 게 있어야 접시를 사지
꿈이 있고 멋이 있어야 접시를 사지
오래오래 높은 찬장에 간직해온 달나라의 술을 내리려면
그렇지 그렇지 뒤꿈치를 최대한 들어올려야지
먼지가 안 나게 조심조심해야지
저 둥근 달나라의 접시에 음식을 담으려면
손부터 씻어야지 아주 어릴 적부터 나의 두 손은
접시를 받쳐들고 어머니가 담아주시는 음식을 온 마음으
로 기다렸단 말씀!

사과를 반으로

사과를 반으로 쪼갠다

반 조각 외마디 소리가 들려온다

물고기를 잡고 아가미를 거머쥐고 발악을 짓누르고 회를
뜬다

창자가 터진 물고기, 회를 친 물고기의 뱃속에서

녹아 흐물흐물한 사람의 머리통이 삐져나온다

몽둥이를 들고 개를 쫓아간다 끝까지

먹잇감을 놓지 않으려는

개의 아가리에 턱석, 사람의 것이 물려 있다

들깻잎을 묶으며

추석날 오후, 어머니의 밭에서
동생네 식구들이랑 어울려 깻잎을 딴다
이것이 돈이라면 좋겠제 아우야
다발 또 다발 시퍼런 깻잎 묶으며 쓴웃음 날려보낸다
오늘은 철없는 어린것들이 밭고랑을 뛰어다니며
들깨 가지를 분질러도 야단치지 않으리라
가난에 찌들어 한숨깨나 짓던 아내도
바구니 가득 차오르는 깻이파리처럼 부풀고
맞다 맞어, 무슨 할말 그리 많은지
소쿠리처럼 찌그러진 입술로
아랫고랑 동서를 향해 연거푸 함박웃음을 날린다
어렵다 어려워 말 안해도 빤한 너희네 생활,
저금통 같은 항아리에 이 깻잎을 담가
겨울이 오면 아우야
흰 쌀밥 위에 시퍼런 지폐를 척척 얹어 먹자 우리
들깨냄새 짙은 어머니의 밭 위로 흰 구름 몇덩이 지나가
는 추석날
동생네 식구들이랑 어울려 푸른 지폐를 따고 돈다발을

묶어보는

아아, 모처럼의 기쁨!

저수지는 웃는다

저수지에 간다
밤이 되면 붕어가 주둥이로
보름달을 툭 툭 밀며 노는 저수지에 간다

요즈음의 내 낙은
저수지 둑에 오래 앉아 있는 것

아무 돌멩이나 하나 주워 멀리 던져보는 것

돌을 던져도 그저
빙그레 웃기만 하는 저수지의 웃음을
가만히 들여다보는 것 긴긴 한숨을 내뱉어보는 것

알겠다 저수지는
돌을 던져 괴롭혀도 웃는다 일평생 물로 웃기만 한다

생전에 후련하게 터지기는 글러먹은 둑, 내 가슴팍도 웃
는다

두근 반 세근 반

두근 반 세근 반은 한 덩어리

돌의 무게

아니지 한 덩어리 쇠의 무게

더더욱 아니지 두근 반 세근 반은

너 처음 나에게 오던 무게

나 처음 너를 만나던 무게

심장이 견딜 수 없는, 머리가 감당할 수 없는

두근 반 세근 반은

저울 눈금이 두근 반 세근 반 흔들리는 무게

가슴이 콩닥콩닥 뛰는 무게

머릿속 하얀 피가

피잉 엉기는 무게, 눈앞이 저절로 캄캄해지는 무게

한 줄 시의, 한 통 연애편지의

피지 않고는 견딜 수 없는 선암사 뒤뜰 홍매화의

결코 죽지 않는 꽃눈의, 꽃향기의 무게

두근도 아니고 세근도 아니고

두근 반 세근 반인 두근 반 세근 반은

터무니없는, 안타까운, 영원히 죽지 않는 무게

밤의 등성이

깔 것도 없이 차디찬 마룻바닥에 누워 바라보면

깜깜한 밤에 나무들이 우쭐우쭐 산등성이로 올라가는 게
보여 그 옛날 죽은 우리 마을 어른들이 올라가는 게 보여
꽹과리 치고 올라가는 게 보여 두런두런 올라가는 게 보여
횃불 들고 올라가는 게 보여

이 산등성이에서 저 산등성이로

소나무가 가고 떡갈나무가 가고 호두나무가 가고 말없이

고라니가 가고 살쾡이가 가고 여우가 가고 오소리가 가
고 말없이 애달픔이 가고 고달픔이 가고 서글픔이 가고 말
없이 구름이 가고 안개가 가고 바람이 가고 말없이 이 산
등성이에서 저 산등성이로

이 산등성이가 저 산등성이로

굽이굽이 가고 구불텅구불텅 가고 말없이 오르락내리락
가고 허위허위 가고 말없이 되새김질하는 짐승의

눈망울 슬픈 짐승의

잔등 같은 산등성이로 목덜미 같은 산등성이로

초승달이 가고 보름달이 가고 아직 어린 내가 가고 아직

젊은 내가 가고 아직

　오지 않은 나마저도 가버려서 다 가버려서 말없이
　깜깜한 밤에
　깔 것도 없이 찬 바닥에 누워 바라보면 깜깜한 밤에

자두를 만나다

올해도 자두 몇알을 땄네
아직 물기가 남아 있어서 자두잎에
볼기 붉은 자두알에
그것들 내 손목을 타고 흘러들어왔네
자두를 다섯 개
양손에
둥근 자두를 다섯 개
든든하게 움켜쥐어보는 것은 두근거리는 일
시디신 자두를
한입씩 베어물고 웃어보는 것은 즐거운 일
그대 몸속에 내 몸속에 이 시디신 자두 몇알씩이 들어 있
다는 것을 눈치채는 일은 즐거운 일

지나가는 차가 없다면

이 시디신 자두를 차창 밖으로 휙 집어던져보는 것도 괜
찮은 일

나무눈동자

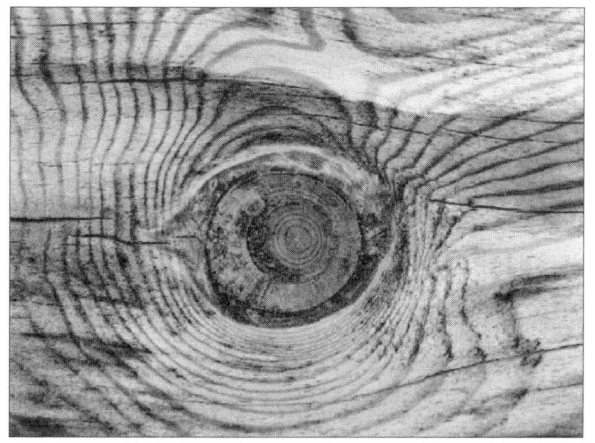

　아버지도 나무 속으로 들어갔다 어머니도 나무 속으로 들어갔다 나도 나무 속으로 수목장(樹木葬), 도대체 나무 속에서 빠져나올 길이 없다 나뭇결이여 지나치도록 무엇을 오래, 하염없이 바라보면 눈동자에 옹이가 박힌다는 말!

　내 시골집 기둥에는 그 말이 열 개나 박혀 있다

발톱 깎는 사람의 자세

발톱 깎는 사람의 자세는
둥글다네

나는 그 발톱 깎는 사람의 자세를 좋아한다네

사람이 사람을 앉히고 발톱을 깎아준다면
정이 안 들 수가 없지
옳지 옳아 어느 나라에선
발톱을 내밀면 결혼을 허락하는 거라더군
그 사람이 죽으면 주머니 속에 발톱을 넣어 간직한다더군

평생 누구에게 발톱을
내밀어보지 못한 사람은 불행한 사람

단 한번도 발톱을 깎아주지 못한 사람은 불행한 사람

발톱을 예쁘게 깎아주는 사람은
목덜미가 가늘고

이마가 예쁘고 속눈썹이 길다더군 비가 오는 날이면
팔베개도 해주고 지짐도 부쳐주고 칼국수도 밀어준다더군
그러니 결혼을 안할 수가 있겠어
그러니 싸움을 할 수가 있겠어

발톱 깎는 사람의 자세는
고양이에 가깝고
공에 가깝고
뭉쳐놓은 것에 가깝다네 그는 가장 작고 온순하다네

나는 그 발톱 깎는 사람의 자세를 좋아한다네

손수건

그가 떠난 자리에 손수건 하나가 남아 있다

어떤 손수건엔
피가 묻어 있다

어떤 손수건은
뻘건
피가 굳어 뻣뻣하다

공원의 비둘기들이 모여 그 손수건을 쪼아대고 있다

푸른 가빠의 저녁

다섯 개의 오뎅을 먹고
꼬챙이를 세고 구겨진 돈을 냈네

푸른 가빠는 쓸쓸하고
아늑하고
푸른 가빠는 왠지 국물처럼 서러워,

커다란 돌덩어리로 끄트머리를 눌러놓은 것 같은 청춘이
있었네
바람이 불면 그래도 들썩거리던 청춘이 있었네

푸른 가빠의 저녁
붉은 당근과
비릿한
오이와 매운 양파조각을 씹으며 나는 울었네

등받이가 없는 플라스틱 의자에 앉아 울었네
맑은 소주잔처럼 엎드려 울었네

바다로 떠난 포클레인

산자락 아래, 길 옆 풀밭에
붉고 커다란
쇠주먹 하나가 버려져 있다

허구한 날 세상을 때려부수던 주먹이다
녹슬어 벌겋게 망가진 주먹이다

풀밭 속에
툭,
떨어져 있다

주먹마저 버리고 어디로 갔나
주먹만을 남기고 어디로 갔나

거북이처럼 움찔움찔
엉덩이를 흔들며

비탈을 지나 모래밭을 지나 파도를 지나

외팔이는 어디로, 그토록 가고 싶어하던 바다로

도대체 누구를 태우고?

숟가락은 말한다

흉기보다 더 무서운 것이 숟가락이다

삶이 내게 고통이라는 양식을 퍼먹일 때
나는 약 안 먹으려는 아이처럼 자지러졌고
발버둥을 쳤고
발악을 했다
어머니처럼 억지로
숟가락이 내 입을 벌리고 약을 먹일 때
이빨을 앙다물고 버텼던 그건
일곱살 때의 이야기,

밥이 없고 눈물이 없고 숟가락이 없으면 어떻게 살아?

오늘도 내게 숟가락은 말한다

──입은 입을 막는다
　잎은 잎을 막는다
　그러나 숟가락은 숟가락을 막지 않는다

비엔날레

우리는 삶은 피를 먹었다 식용 비
닐 속에 담긴 핏덩어리를 먹으며
우리는 여자를 욕망했다 그 어떤
댓가를 지불해서라도 성기가 거대
해지기를, 우리는 굴뚝처럼 갈구
했다 공장처럼 팽창해지기를 원
했다 주머니 속에 잭나이프를 넣
고 다녔다 어둠을 북북 갈랐다 여
자들의 흰 허벅지가 드러날 때마
다 우리는 환호성을 질렀다 광주
비엔날레에서 보았던 토끼의 순대
다발처럼 긴 성기! 식용 비닐 속에
담긴 검붉은 핏덩어리를 우리는
길거리에 서서 먹었다 세 명이 한
여자와 세 번씩 성교를 했다 미쳤
다 그 여자 아침에 피를 끓인 국밥
을 얻어먹었다

오후의 병문안

오후의 정형외과 복도에서

병문안용 음료수 한 통 들고 만났다

목줄에 묶인 개처럼

링거줄에 묶여 화장실 다녀오는 낯익은 사람, 우리는 서
로를 쳐다보며 씨익 웃었다

병문안용 음료수 한 통 들고

고무줄 헐렁한

환자복 자락 어설프게 움켜쥐고 웃는 낯익은 사람!

뜰에는 반짝이는 금모래 빛

하염없이
이 도시를 벗어나려는 차들과
기어이 이 도시로 들어오려는 차들이 교차하는
석양 무렵의 개양오거리에서
그가 흘린 죽음의, 그가 흘린
주검의
액체 위에

누군가 홱 뿌려놓고 간

누군가 홱 뿌려놓고 간 뜰에는 *반짝이는 금모래 빛*
모래 두어 삽

인공수정

겨드랑이까지 오는 긴 일회용 비닐장갑을 끼고
애액 대신 비눗물을 묻히고
수의사가
어딘지 음탕하고 쓸쓸해 보이는 수의사가
꼬리 밑 음부 속으로 긴 팔 하나를 전부 밀어넣는다

나는 본다 멍청하고 슬픈 소의 눈망울을
더러운 소똥 무더기와
이글거리는 태양과
꿈쩍도 않고
성기가 된 수의사의 팔 하나를 묵묵히 다 받아내는 소의
눈망울을

넓적다리와 넓적다리 사이에
가랑이 사이에
빵빵하게 공기를 집어넣은 것 같은
소의 유방에 넷, 고무장갑 손가락 같은 젖꼭지가 넷

귀때기에 플라스틱 번호표가 꽂혀 있는 소는
이제 소끼리 접붙이지 않는다
더 굵고 더 기다란 인간의 팔하고만 붙는다

쟁반 위의 사랑

쟁반 위에 두 손을 내려놓고
너는 떠났다 쟁반 위의 두 손을 뜯어먹으며 나는 울었다

쟁반 위에
텅 빈
쟁반 위에

네 손이 남긴 뼈다귀와
네 손이 남긴
열 개의
붉은 손톱만 남았다

번들거리는 너의 기름기만 남았다

너를 뜯어먹어 번들거리는 내 입술만 남았다

쟁반 위에
우리는

텅 빈 쟁반 위에

당신의 발은 내 머리 위에

계단 아래
꽃밭 있다 거기
허튼 목숨들 살다가 진다 계단처럼 죽음이
차곡차곡 쌓인다 나는 본다 모든 죽음은 계단처럼 빳빳하다
죽음이란, 구부러지지 않는 무릎으로
계단을 올라가는 것
세상의 마지막 계단 나는
너의 발 아래
맨가슴을 디민다 등짝을 디민다
당신의 발은 내 머리 위에 있다*
인조대리석 차가운 몸 위에
누군가 육신을 쌓고 또 쌓길 바라는 나는

계단 아래 계단이다

꽃의 소멸도 계단이 진다,라고 읽는 계단이다

* 티베트 속담.

사북

영월 지나 정선 지나 태백 긴 골짜기 사북사북 간다 사북
사북 눈 온다 死北死北 死北死北…… 보이지 않는 누군가
가 하염없이 내 뒤를 따라오고 있다

직방인(直放人)의 초상
김언희

> 거짓말이 없다는 것은 현대성보다도 사상보다도
> 백배나 더 중요한 일이다. ─김수영

1

성(城) 앞 모텔, 이층 복도 끄트머리 콘돔 자판기 앞이었다, 우리가 처음 맞닥뜨린 곳은. 붉은 소화전 앞이었나, 이십년 전의 일이다. 기억의 날조와 편집(偏執)을 피할 장사는 없으니 그냥 가자. 그때 유홍준은 단편소설로 공단문학상을 수상하고, 개천예술제 신인상을 수상하며 막 물이 오르기 시작한 씽씽한 문청이었다. 이날도 전년도 수상자인 그가 예술제 백일장 심사를 왔다가 딱 마주친 참이었다.

유홍준의 수상작을 읽으며 누굴까, 행간의 꿈틀거림이 시를 처부수고 올라올 것 같은 이 시의 임자가 대체 누굴까, 늘 궁금하던 나는 턱 마주치는 순간 그가 문제의 '유홍준'

이라는 걸 직감했다. 숯검댕 눈썹을 보고. 행간에서 드세게 꿈틀거리던 것이 바로 그 시커먼 눈썹이었던 것이다. 그의 시「그리운 쇠스랑」사진 속에 나오는 그 쇠스랑 같은 눈썹!

　　화가 난 아버지가 쇠스랑을 들고 어머니를 쫓아갔다
　　화가 난 눈썹이 보기 좋았다 1975년이었다 입동(入冬)이
　　었다 내 그리운 쇠스랑……

　　마당 저쪽 두엄더미에서는 허연 김이 올라오고 있었다
　　　　　　　　　　　　　　　　　　 ―「그리운 쇠스랑」부분

이때부터 나는 유홍준을 쫓아다니기 시작했다. *같이 공부합시다. 같이 좀 합시다.* 이리저리 피하는 그를! 나는 외로웠던 것이다. 코딱지만한 소읍에서 막막하고 갑갑해서 죽을 맛이었던 것이다. 마지못한 유홍준이 거북해 죽는 모양새로 먹자골목 국숫집으로 대학노트 두어 권을 엉거주춤 들고 나왔을 때, 나는 정신이 번쩍 들었다. 그 자리에서부터 지금까지 나는 그를 '유선생'이라 불러온다. 십여년 후, 첫 시집 『喪家에 모인 구두들』(2004)을 두고 "물건이 하나 나왔다"고 떠들썩들 했지만, 사실 그 '물건'은 처음부터 '물건'이었던 것이다.

　그렇게 '선생님'과 '유선생'의 공부라는 것이 시작되긴

했는데, 난감한 일은 그 '선생님' 역시 시라는 걸 배워본 적이 없는 무면허에 역주행중이었다는 사실이다. 눈뜬 사람이 눈먼 사람을 붙들고 헤매는 형국으로, 무려 칠년씩이나 맞붙들고 오리무중 맴을 돌리고 돌았던 것이다. 선생을 제대로 만났으면 허송하지 않았어도 될 시간이었다. 아직도 나는 예술이 멀고 먼 우회라고, 오른쪽 콧구멍에서 왼쪽 콧구멍으로 가는 가장 먼 길이라고 눈에 힘을 바짝 주기는 하지만, 칠년이라니, 참말로, 유홍준도 나도 미련하기는 했었다.

한창 책을 읽어젖히던 시절 그의 기세는 눈으로 읽는다기보다 온몸으로 퍼마신다는 쪽에 가까웠다. 그래, 어디 한번 마셔보마, 이판사판 바닥을 볼 때까지, 딱 버티고 앉아 퍼마셔대는 술꾼의 그 기세 그 자세였다. 그렇게 읽을 만큼 읽은 다음 유홍준은 읽은 것을 깡그리 버렸다. 바닥을 본 술독을 깨부숴버리는 술꾼처럼. 그러고는 어느날 *선생님 지는 지 몸 가는 데로 가야겠심더* 뚜벅뚜벅 문자 밖으로 걸어나갔다. "세상을 문자 이전으로 되돌려놓"(「문맹」, 『나는, 웃는다』)으러. "익사자의 운동화를 툭, 걷어"(「해변의 발자국」, 『喪家에 모인 구두들』)차듯이 문자의 세계를 툭, 걷어차고서. 유홍준에게 문자란 죽은 자의 운동화 따위에 지나지 않았던 것이다.

첫시집이 출간되고 "독자적인 발성법으로 해체시와 민중시 사이에 새로운 길 하나를 내고 있다"는 평을 듣던 즈음이었고, 대산창작기금을 받고, 한국시인협회의 제1회 젊은 시인상을 수상하던 즈음이었다. 유홍준은 세간이 주목하고 기대했던 독자적인 발성법도 시세계도 가차없이 버렸다. 그는 자신의 '몸'이 가자는 곳으로, 주석이 없는 세계로, '직접(直接)'의 세계로 나아갔다. 시집 『나는, 웃는다』(2006)에 실린 「주석 없이」는 그의 출사표이기도 했다.

> 탱자나무 울타리를 돌 때
> 너는 전반부 없이 이해됐다
> 너는 주석 없이 이해됐다
> 내 온몸에 글자 같은 가시가 뻗쳤다
> 가시나무 울타리를 나는 맨몸으로 비집고 들어갔다
> 가시 속에 살아도 즐거운 새처럼
> 경계를 무시하며
>
> 1초 만에 너를 모두 이해해버린 나를 이해해다오
>
> 가시와 가시 사이
> 탱자꽃 필 때
>
> 나는 너를 이해하는 데 1초가 걸렸다
>
> —「주석 없이」 전문

가시나무 울타리를 맨몸으로 비집고 들어가는 '직접'의 세계에서 문자는 그 '직접'을 가로막는 가시에 불과했을 것이다.

2

'혼외정사'는 유홍준의 별서(別墅), 불알친구 이수열의 포클레인 정비소다. 자칭 타칭 혼외정사 주지 수열 스님은 팔척장신에 부리부리 우렁우렁 잘생긴 남정네로, 사시사철 삭발에 두건을 얹고 다니는 품새로 보나 허허털털 소탈한 도량으로 보나 여느 주지 못지않다. 이 혼외정사의 정경은 김사인의 시에 나오는 마구간과 판박이로 유홍준과 친구들이 "푹 삶은 누룽지처럼 서로를 한 대접씩 마시고/속을 데우는"(김사인 「친구들」, 『가만히 좋아하는』) 공간이다.

하기는 이 컨테이너 마구간에서 눈에 반짝반짝 개구가 오른 선생이 후배들을 붙들고 "화투도 반은 입으로" 치고 "판에 오천원 내기 바둑이 하도나 꼬수워 어쩔 줄을 모"(같은 시)르기도 했다. 지글거리는 연통 난로 앞에 서서 다방 처자가 날라온 삼겹살을 뒤집고 묵은지를 굽고 땔감을 우겨넣고 손이 비면 한잔씩 털어넣는 일 역시 선생의 몫이기도 했다.

유홍준의 첫시집에 해설을 써주기로 한 약속을 못 지킨 선생은 어쩌다 남쪽 걸음이 있을 때면 멀고 먼 길을 기어이 에둘러 이렇게 그를 보고 간다. *뭐 하십니꺼* 유홍준이 문득 안부 전화를 걸어올 때, 그 배경음의 대부분도 "낄낄낄 위로 뒹굴며 모두 같이 등을 지"(같은 시)지는 혼외정사의 후끈한 소음이다. 이곳에서 그는 더러 시를 쓰기도 한다.

우리나라 다방은 18,536개이다 (…) 3급 카쎈터 더러운 쏘파에서 배달 나온 다방 레지의 젖을 만지는 놈은 2,304 명

—「다방에 관한 보고서」(『나는, 웃는다』) 부분

할말을 하려 들면 유홍준만큼 할말이 많은 시인도 드물 터이고, 핏대를 세우자면 유홍준만큼 구색을 갖춘 시인도 드물 테지만, 할말을 버리고 핏발을 버리고 그는 "아무짝에 도 쓸모없는" "천치(天痴)"(「연잎 위에 아기를,」)의 길을 간다. 슬슬 놀면서 간다. 아마 지금도 놀고 있으리라. 슬슬이 아니 라 *이라다, 죽는다* 중얼거려가며 놀고 있을 것이다. 밤낮을 바꾸는 2교대의 와중에, 아르바이트의 와중에, 이런저런 행 사의 와중에, 노모의 농사일을 뜯어말리는 와중에 어쨌든 지 그는 논다.

시작도 끝도 오로지 사람, '사람'이 화두(話頭)인 그는 도사에 사기꾼에, 예술가에 알건달에, 별의별 사람들이 놀자면 놀고, 마시자면 마신다. '만인보'는 아니더라도 '천인보'는 거뜬할 정도로 사람이 꼬여, 유홍준은 얼추 '인간 지남철'이다. 아마도 그가 발산하는 특유의 '에테르'와 사람을 접하는 방식 때문일 것이다. 그는 우악스러운 사투리와 함께 전반부 없이, 주석 없이, 경계 없이, 가시나무 울타리를 맨몸으로 비집고 들어가듯이, 사람과 접한다. "1초 만에 너를 모두 이해해버린 나를 이해해다오"(「주석 없이」), 이것이 그가 사람을 접하는 방식이다.

게다가 유홍준에게는 '에테르'라고밖에는 부를 수 없는 생기(生氣), 약동하는 활기가 있어서 함께 있는 사람들이 무슨 약이라도 돌려 마신듯이 그 기운에 떠들려 날밤을 꼴딱 새우기도 하고, 한번 사람에게 취해본 사람이 그 취기를 못 잊어 밤낮주야로 전화질을 해대게 하는 진풍경도 만든다. 그것도 사내가 사내에게. 시고 삶이고 결국은 에너지의 문제고, 한 사람의 그릇이라는 게 그가 가진 배터리의 용량에 다름아니라면, 유홍준은 두 시간이면 완전 방전으로 가는 내 깜냥으로는 상상을 초월하는 에너자이저이지만, 근자에는 그도 제대로 임자를 만나 고전을 면치 못하는 낌새다.

이렇게 놀다 사람에 물리면 그는 또 혼자 논다. 버섯을 따고 나물을 캐고 물고기를 잡는다. 놀다가 죽는 것이 시인의 소임이기는 하지만 시는 언제 쓰나. 와중에 쓴다. 체력과 기력을 탕진할 만큼 탕진하고 소진할 만큼 소진한 다음에, 멍하거나 땅하여 아무런 '생각'이 없을 때, 자귀나무 그늘에 앉아 손톱 밑이나 팔 때, "바늘 끝에 끼우는 지렁이 고소한 냄새나 맡"(「유월」)을 때. 더러는 장판 바닥을 딱 사람 엉덩이 크기로 태워먹은 고향집 구들목에서.

아직도 버스가 드나들지 않는 깊고 깊은 그 골짝 집에서 나는 두 번 놀랐다. 처음은 대청마루에 걸린 우수어린 선친의 초상이 박인환 선생과 너무나 흡사해서 움칠 놀랐고, 두 번째는 칠순을 넘긴 그의 모친이 *인자*는 *아물거려싸서 보도 몬해* 무안해하시며 뒤통수 툭 불거진 텔레비전 밑으로 슬슬 밀어넣으시는 책 때문이었다. 김행숙의 시집 『타인의 의미』였다. 아들이 읽다 둔 책을 아물아물 무슨 범어(梵語)처럼 읽으시면서 무슨 생각을 하셨을까.

3

발 하나가 없는
귀뚜라미의 노래다 저것은
죽음 앞에서 팔 하나를 떼어 바친 노래다
삶의 자절(自絶)은 좌절이

아니었다고,

낭만도 슬픔도 없는 초가을밤에

귀뚜라미들이 부르는 노랫소리가 아파트 십층까지 들
린다

스스로 떼어 바친 팔 하나가 다 자랄 때까지

자절을 한 귀뚜라미들은

악착같이 운다

악착같이 운다

시끄러워 죽겠다

—「귀뚜라미의 노래」전문

죽음 앞에서 팔 하나를 떼어 바쳐도 자절(自絶)은 좌절이
아니라는 이 뚝심도, 스스로 떼어 바친 팔이 다 자랄 때까
지 악착같이 울어대는 이 깡다구도 유홍준의 것이지만, 이
뚝심과 깡다구의 배후에는 서슬이 퍼런 차렷! 자세가 있다.
가만히 보면, 굴신(屈身)이 안되는 이 빳빳한 차렷! 앞에는
그의 슈퍼에고, 그의 증조부가 허연 수염발을 날리며 서 계
시는 게 언듯언듯 보인다.

한학과 의약에 통달해 인근의 공경을 한몸에 받으셨다
는 증조부, 조부와 선친을 건너뛰어 학덕과 풍채로 산신령
이라 불리셨던 증조부 앞에 유홍준은 평생을 차렷! 자세다.

모든 판단, 모든 선택의 기준이 이 자세에서 나온다. 이 '차렷'만 없다면, 지렁이 같은 굴신자재(屈身自在)까지는 아니더라도 대직약굴(大直若屈)의 그 '약굴'이 조금만 있다면, 유홍준의 시와 삶은 훨씬 덜 곤고할 것을.

슬쩍 들어가본 그의 블로그에 그는 이렇게 써놓았다. 마지막 한 줄은 굵고 큰 글자로.

내 나이 대여섯살 때, 나는 갓 쓰고 두루마기 입은 증조부님을 따라 흙먼지 폴폴 날리는 신작로 길로 반쯤은 차를 타고 반쯤은 걷고 멀리 거창 위천의 수승대엘 간 기억이 있다.

그것은 내 생애 첫 여행이었고 원체험이었다.

나는 아직도 잊지 못한다. 깜장 반바지에 흰 반팔 옷을 입은 나는 차렷, 자세를 하고 수승대 앞에서 찍은 사진을 갖고 있다.

시는 개떡같이 쓰지만 어쨌든 나는 그렇다.

자신에 대한 이런 자긍과 자존으로 유홍준은 일상에서나 시에서나 유홍준답다. 대담하고 활달하고 개구지고 거침없

다. 산판이든 공장이든 병원이든 그는 '지금 여기' 자기가
서 있는 장소에 대해 스스럼이 없다. 웬만한 시인의 반열에
오른 지금도 있는 그대로, 빼고 더할 것 없이, 어디까지 삶
인지 어디부터 시인지 온통 비빔밥으로, 더러는 벌건 고추
장에 육회를 곁들여 쓱쓱 비벼낸다.

이런 유홍준의 시는 일견 가볍고 수월해 보이기도 한다.
가볍디가벼운 화산석(火山石)으로 대충 쌓은, 틈새투성이
섬집 돌담들처럼. 그러나 이 가벼움과 수월성은 그저 얻어
진 것이 아니다. 애써 성취한 가벼움이고, 애써 도달한 수월
성이다. 화산석의 저 가벼움은 용암의 뜨거움을 거치지 않
고는 이룰 수 없는 가벼움, 제 안의 모든 것을 태워버리고
난 다음에야 도달하게 되는 무서운 가벼움이다.

난바다의 광풍(狂風)을 이겨내는 것도 조밀한 콘크리트
구조물이 아니라 허술하기 짝이 없어 보이는 돌담들, 돌과
돌이 구축하는 틈새들이다. 아무것도 막지 않고 아무것도
가두지 않는 그 틈새들, 유홍준의 시는 틈새 그 자체다. 그
러나 무너지지 않으면서 틈새를 견지한다는 것, 그것이 요
구하는 긴장과 집중은 결코 녹록하지 않을 것이다. 수월하
다는 것이 곧 수월(秀越)하다는 의미는 아니지만, "아무데
나 푹 꽂아놓아도 사는", "아무데나 픽 꽂아놓아도 사는/버
드나무"(「버드나무집 女子」, 강조는 필자)의 수월성은 쉽게 도
달할 수 있는 성질의 것이 아니다. 모든 빼어난 성취는 한

없이 수월하고 가볍다. 수월성과 가벼움은 모든 예술이 추구하는 궁극이다.

4

골 때리는 '차렷'에 더하여, 유홍준은 '직방인(直放人)'이다. 그에게도 진창과 추태와 후회가 있고, 오버액션과 콤플렉스와 시시껄렁과 동문서답이 있지만, 그는 에두르지 못한다. 돌아서서 ×새끼들! 웃지 못한다. 눈앞에서 직방으로 판을 엎어치운다. 수많은 문학상의 단골 병풍 노릇을, 그것도 이력이 나서 실실 웃어가며 하고 있는 중에도, 오장육부가 뒤틀리면 수상소감까지 써보낸 상의 수상을 거부하는 파행도 불사한다. 소소하게로는 어떤 여류와 먹은 점심을 집에까지도 못 참고 밥집 모퉁이에 모조리 게우는 웃지 못할 에피쏘드도 만든다.

이 직방인은 상하좌우로 오로지 직방이다. 1998년에 등단해서 지금까지의 문학적 행보나 시적 성취 역시 거침없는 직방이다─본인이 '울 아부지 묏자리 덕'으로 얼버무리거나 말거나 간에. 동시에 골(骨)로 갈 때도 직방으로 간다.

아아 이 두통── 지금

나에겐 직방으로 듣는 약이 필요하다

그렇다 얼마나 간절히 직방을 원했던지
오늘 낮에 나는 하마터면 자동차 핸들을 꺾지 않아
직방으로 절벽에 떨어져 죽을 뻔했다

직방으로 骨로 갈 뻔했다

오, 직방으로

다가오는 연애, 쏟아져내리는
눈물, 폭포

안다, 미친 자만이 직방으로 뛰어간다

십오층 아파트 베란다에서
몸을 날린 직방인(直放人)처럼
바닥 밑의 바닥, 과녁 뒤의 과녁을 향해 뛰어내리고 있는

이렇게 사십년 동안을 뛰어내리고 있는― 나는
　　　　　　　　　　　　　　　　　　―「직방」 전문

『나는, 웃는다』에 실린 이 시는 당시 구조조정으로 실직을 하고, 말 못할 개인사에 우울증까지 겹쳐 직방으로 골로 가고 있는 그의, 지옥에서의 한철을 가감없이 보여준다. 그때 죽었다 살아난 그의 뒤를, 지옥의 구석구석을 헤매고 온 그 등뒤를 보이지 않는 누군가가 '사북사북' 따라다닌다. 오르페우스가 따로 없다.

영월 지나 정선 지나 태백 긴 골짜기 사북사북 간다 사북사북 눈 온다 死北死北 死北死北…… 보이지 않는 누군가가 하염없이 내 뒤를 따라오고 있다

—「사북」 전문

5

오후의 정형외과 복도에서

병문안용 음료수 한 통 들고 만났다

목줄에 묶인 개처럼

링거줄에 묶여 화장실 다녀오는 낯익은 사람, 우리는

서로를 쳐다보며 씨익 웃었다

병문안용 음료수 한 통 들고

고무줄 헐렁한

환자복 자락 어설프게 움켜쥐고 웃는 낯익은 사람!
　　　　　　　　　　　　　　　　　　―「오후의 병문안」 전문

유홍준은 여기까지 왔다. '나는, 웃는다'는 '우리는, 웃는
다'로 이행했다. 그리고 이제 이 웃음은 틀림없이 웃음이다.
씨익, 웃을 수는 있어도 씨익, 울 수는 없으니까. 특정한 개
념으로의 환원 또는 개념화 자체를 거부하는 이 '씨익'의
세계, 유홍준은 '직방(直放)'을 넘어 그가 그토록 열망하는
'직접(直接)'의 세계에 바짝 다가섰다. 위험할 정도로 바짝.
　이제 세계와 유홍준 사이에는 최소한의, 초박(超薄)의 언
어만이 개입한다. 반투명의 막(膜)과도 같은 언어로 그는
인생유전의 막간(幕間)들을, 삶과 죽음의 막간, 시와 문자의
막간, 사물과 존재의 막간 들을 포획하지만, 포획과 동시에
그것들을 방류한다. 그의 붕어낚시가 늘 그러하듯이. "여러
마리는 말고//두어 마리//붕어를 잡아 매끄러운 비늘이나"
(「유월」) 만져보고 놓아준다.

그의 시가 포획보다 방류에 더 기울고, 최소한의 문자에조차 얽매이지 않으려는 기미를 보일 때 나는 다소 불안하다. 저 '씨익'의 세계, 저 문자불립(文字不立)의 세계에서 시는 무엇일까. 생각을 그칠 때 시는 시가 되지만, 문자를 그칠 때 시는 무엇이 되나. 불안하다 해도, 시인이 제 언어를 이길 수는 없는 법, 아무리 몸부림을 쳐도 제 언어의 손바닥 안이다. 자신의 언어에 휘둘리고 싸우고 패배하는 동안만 시인은 시인, 문자를 지우고 지우며 그의 시는 어쩌면 시와 비시(非詩)의 경계까지 갈지도 모른다. 말이 필요없는 세계, 어쩌면 시 너머까지.

거기가 어디든 유홍준은 갈 것이다. 시가 가자면, 갈 것이다. 모든 진정한 시인들이 그렇듯이, 눈멀고 귀먼 채.

金彦姬 | 시인

요즈음의 내 취미는 온갖 꽃을 따 차를 만들고
온갖 나무를 깎아 무엇을 만드는 일,
내 손으로 직접
물고기를 잡는다는 게 얼마나 즐거운지 몰라
내 발로 직접 어디를 가고 내 눈으로 직접
무엇을 본다는 게 얼마나 즐거운지 몰라
직접 귀신을 만나는 무당들에게 물어봐
직접은 무모하고
위험해
직접은 힘들고 고달픈 거야
간접은 편안하고 안락한 거야
직접 경험을 해보지 않은 사람들이 어떻게
시인이 되고 교사가 돼?
간접은 지루하고 하품이 나
직접이 재밌고
직접이 즐거워

내 피부로 직접 저 햇살 받는 행복!
내 귀로 직접 저 물소리 듣는 기쁨!

2011년 5월

개양(開陽) 언저리에서

유홍준

창비시선 330

저녁의 슬하

초판 1쇄 발행 / 2011년 5월 2일
초판 3쇄 발행 / 2017년 9월 19일

지은이 / 유홍준
펴낸이 / 강일우
책임편집 / 김민경
펴낸곳 / (주)창비
등록 / 1986년 8월 5일 제85호
주소 / 10881 경기도 파주시 회동길 184
전화 / 031-955-3333
팩시밀리 / 영업 031-955-3399 편집 031-955-3400
홈페이지 / www.changbi.com
전자우편 / lit@changbi.com

ⓒ 유홍준 2011
ISBN 978-89-364-2330-8 03810